Émotions de censure
Euphorismes

www.maxmilo.com
ISBN : 978-2-31502-469-8

Grégoire Lacroix

Émotions de censure
Euphorismes

Préface de Philippe Pascot

Max Milo

Préface

de Philippe Pascot
petit scribouillard

Comment écrire une préface qui tient la route sur un homme qui vous résume la vie , les faits et les évidences en trois mots et deux formules.

Il y a du Desproges et du Devos avec un zeste de Bobby Lapointe dans cet homme qui ne vous fait pas prendre des vessies pour des lanternes mais allume plutôt nos lanternes sur ce que l'on pourrait prendre pour des vessies.

Et Dieu seul sait, avec Grégoire Lacroix, remettre de l'ordre dans l'immensité des couleuvres que les politiques veulent nous faire avaler.

Le langage des politricards, d'une sincérité feinte, est peu à peu débusqué avec des mots pesés avant d'être posés et une concision des phrases qui se fraient un chemin ludique dans nos esprits.

La vérité indiscutable et incontestable des euphorismes amène immanquablement de nouvelles perceptions ou conceptions de la vie dans nos esprits étriqués ou formatés par la redondance médiatique manipulée…

Il dévaste nos certitudes en deux temps trois mouvements pour mieux nous ébaudir devant l'évidence qui surgit.

Commencer à lire Grégoire Lacroix, c'est découvrir en quelques secondes ce qui est simple alors que l'on croit mordicus depuis des lustres que c'est très compliqué.

C'est aussi transformer par la magie des mots, un rouge Préfontaine 12 degrés de derrière les fagots en un vin de Pomerol, château Pétrus 1982.

Et quand on commence à y goûter… on ne peut plus s'en passer.

Grégoire Lacroix

de l'Académie Alphonse Allais

Il y a ce type d'homme
qui vous fait sciemment de fausses promesses,
mais qui considère qu'elles sont sincères
puisqu'il vous juge assez intelligent
pour savoir qu'elles ne seront jamais tenues.

La vraie conquête de la liberté
est une aventure individuelle,
jamais collective.

Couper la pagaille en tranches
ne suffit pas toujours
à ramener l'ordre.

La démocratie
c'est la liberté de dire
qu'on en manque…

Critiquer de façon virulente
ceux qui sont les meilleurs
est une façon habile
de faire oublier sa propre médiocrité.

Toute minorité qui n'arrive pas à avoir
une influence majoritaire se déclare opprimée.

Rendre quelqu'un heureux
est peut-être mission impossible,
mais une chose est sûre,
on peut toujours rendre quelqu'un
moins malheureux.

En politique, expliquer brillamment
pourquoi on a échoué
est parfois plus payant qu'un modeste succès.

On a essayé, sans succès,
de se mettre d'accord
sur le respect mutuel de nos désaccords.

Quand la vérité rattrape
le mensonge, elle a parfois
du mal à le dépasser.

Le souci de la nuance risque
de vous faire passer pour un indécis.

Vouloir aller à l'essentiel
sans se débarrasser
des mesquineries quotidiennes,
c'est comme oublier de se déshabiller
avant de prendre une douche.

Certains prennent une voix grave
pour dire des choses
qui ne le sont pas…

Un dialogue de sourds,
ça dépasse l'entendement.

Je supporte mal
ces moutons de Panurge
qui hurlent avec les loups… !

Dans les milieux privilégiés,
on ne méprise pas les pauvres,
seulement les moins riches.

J'arrête de discuter avec vous ;
vous finiriez par me convaincre
et alors, on serait deux à avoir tort.

La certitude de ne pas être connu
vaut mieux que l'illusion de l'être.

Le pire des regrets :
réaliser, après coup, qu'on était
beaucoup plus libre qu'on ne croyait…

Le fait que vous ne soyez pas
de mon avis ne prouve pas
que vous ayez raison…

Face à une situation complexe,
la bonne décision
c'est d'hésiter sans attendre.

50 % c'est toujours trop pour les uns
et pas assez pour les autres.
C'est donc une proportion sans avenir.

On cache les réalités d'aujourd'hui
sous des utopies pour demain.

En politique, la moindre pirouette
peut devenir un saut périlleux.

Il y a des terrains d'entente
qui ne sont malheureusement
pas constructibles.

Pour répondre à une question posée,
certains pensent qu'il suffit d'effacer
le point d'interrogation.

Parfois, on croit prendre du recul
et on ne prend que du retard.

Le hasard n'est pas un allié fiable.

L'urgent, c'est quand « bientôt »
est déjà trop tard.

Quand on baisse la tête,
il y a toujours quelqu'un
pour taper dessus.

Le PACS est au mariage
ce que le trombone est à l'agrafe.

On peut modifier quelqu'un
en lui disant ce qu'on attend de lui.

Il suffit d'un rien
pour que la fierté d'appartenance
bascule dans un narcissisme collectif,
source d'une susceptibilité maladive
et rarement justifiée.

En politique, on peut être très sincère
et se tromper quand même.

L'ascenseur social n'existe pas.
C'est juste une échelle
où il manque pas mal de barreaux.

L'immigration est au pays
ce que l'eau est au paysan.
À bonne dose elle fertilise,
en excès elle pénalise.
Irrigation, inondation ?

En politique,
on ne corrige pas les erreurs,
on les justifie.

Ceux qui prétendent parler au nom du peuple
n'ont souvent pour but que de régler
des comptes personnels.

Il n'y a qu'en criant juste
qu'on peut faire taire
ceux qui chantent faux.

Qu'il s'agisse d'idéologies ou de religions,
le fanatisme est le plus efficace
éteignoir de l'intelligence.

La stratégie est à la tactique,
ce que le haut-de-forme
est à la casquette.

La fin justifie les moyens,
mais pas les médiocres.

Quand la vertu s'empare du pouvoir,
le bourreau se frotte les mains.

Quand le cul-de-sac
débouche sur une impasse,
on peut considérer
que la situation est sans issue.

Il faut se laisser dépasser par les événements,
ça permet de les voir de dos.

La vérité résulte parfois d'un cumul
de mensonges qui se compensent.

L'erreur est un droit,
mais pas un devoir.

Ceux qui exigent la vérité
ne devraient pas s'en plaindre.

Ne rions pas des naïfs qui croient
peser le pour et le contre
avec la même balance, nous en sommes…

Pas facile d'être médiateur
quand les deux parties en présence
pensent que l'on démonte
le mur de malentendus, cause du conflit,
pour pouvoir en balancer les briques
à la figure de l'adversaire.

En politique, la banane est plus recherchée
pour sa peau que pour son fruit.

Je suis ouvert au point de vue des autres
dans la mesure où il coïncide avec le mien.

Être clairvoyant c'est trouver le juste milieu
entre la simplification mutilante
et le perfectionnisme paralysant.

Un homme ambitieux met la barre très haut,
suffisamment pour pouvoir passer dessous
sans avoir à se baisser.

Les conservateurs sont des plombiers
qui cherchent à colmater
la fuite en avant.

Il y a des gens aigris
qui ont toujours le mot pourrir.

Quand la grande majorité d'une population
est très au-dessous de la moyenne,
il y a de quoi s'inquiéter…

La coexistence d'avis contraires
n'exclut pas l'existence d'une vérité.

L'efficacité, c'est l'optimisation
de la loi du moindre effort.

De même qu'une fausse alerte
peut déclencher une vraie panique,
un faux problème peut entraîner
de véritables complications.

Celui qui a l'approbation des autres
pour seul carburant
ira peut être loin,
mais pas dans la bonne direction.

Il est plus facile d'éblouir que d'éclairer.

Se disent « maîtres à penser » ceux qui veulent
nous empêcher de réfléchir.

Le racisme, fils indigne
de la biodiversité.

Certains croient se battre pour la liberté.
En fait, ils ne font que contester
la forme de la cage.

Quand on s'interdit
de critiquer qui que ce soit,
on n'est pas loin
d'admirer n'importe qui.

Il y a des raisonnements
qui tombent sous le sens
et ne s'en relèvent pas.

Vouloir à tout prix passer à la postérité
c'est accepter d'échanger toute une vie
contre une minute de silence.

Quand on a le courage
de ne pas avoir d'opinion,
il faut le dire de façon très ferme.

Ceux pour qui « tout de suite » est déjà trop tard
confondent souvent
dynamisme et agitation.

En fait, les malentendus n'existeraient pas,
s'il n'y avait pas tant de malentendants.

Il est plus facile de partager l'avenir
que le présent.

En politique, tout le monde ment,
mais ce n'est pas grave,
personne n'y croit.

Beaucoup d'électeurs attendent
le résultat des sondages
pour savoir comment voter.

Il ne faut jamais péter les plombs
plus haut qu'on a le compteur.

On peut toujours concilier
deux points de vue diamétralement opposés
en déclarant qu'ils sont complémentaires.

Plus on est nombreux à penser la même chose,
moins il vient à l'idée
qu'on pourrait tous se tromper.

J'admire les gens qui sont prêts
à mourir pour des idées
sans se poser la question
de savoir si elles sont bonnes.

En général, ceux qui ne savent que suivre
sont les premiers à critiquer l'itinéraire choisi.

Ils me sont très pénibles ceux qui,
croyant m'être utiles,
défendent mon point de vue
avec de très mauvais arguments.

Ce n'est pas grave
que les événements se précipitent,
si on sait dans quelle direction.

Les solutions de facilité
sont parfois aussi efficaces
que les solutions de difficulté.

Si l'on est profondément humain,
on n'hésite pas à faire exécuter
ceux qui sont pour la peine de mort.

Ceux qui prétendent dire tout haut
ce que les autres pensent tout bas
feraient mieux de penser plus haut
et de parler plus bas.

On a beau se prétendre ouvert au changement,
si un jour le soleil se levait à l'ouest
on serait bien embêté.

Le souci d'objectivité est-il
une maladie mentale?

Quand on innove, la réaction de l'entourage
est comme le vent à bicyclette,
toujours contre.

Ce qui est le plus pénible en politique,
c'est l'interdiction de douter.

J'aimerais bien savoir ce que pense la majorité
de ceux qui n'ont pas été interrogés
lors d'un sondage d'opinion.

L'efficacité des minorités agissantes
résulte surtout de l'inertie
des majorités somnolentes.

Ce que le progrès
nous apporte de plus immédiat,
c'est un changement de frustrations.

Quand il se prend les pieds
dans le tapis d'une affaire louche,
le politicien chute dans les sondages.

Les gens qui mettent le feu aux poudres
Sont toujours les premiers
à s'étonner de l'explosion.

On se rend malheureux en exigeant,
pour tout, une explication
alors qu'il suffit de se dire
qu'il y en a forcément une.

Le besoin d'admirer
nous fait souvent mettre sur un piédestal
des personnes qui n'ont rien demandé
et à qui l'on reproche ensuite
de ne pas être à la hauteur.

En politique, il n'est pas nécessaire
de répondre aux questions,
il suffit d'en critiquer la formulation.

Élever très haut le débat
est une façon élégante de le perdre de vue.

Au Sénat, l'écologie c'est la défense
de l'envie-ronronnement.

La détente, je suis pour ;
d'ailleurs, j'ai toujours le doigt dessus.

En politique,
il n'est pas interdit de douter,
il est juste interdit de le dire.

On affirme toujours que les lignes politiques sont droites comme des « i », mais sans préciser que ce sont souvent des « i » grecs.

Beaucoup défendent la liberté d'expression à condition qu'elle s'applique exclusivement à leur point de vue.

Il vaut mieux viser juste que viser loin.

Les révolutions appauvrissent ceux qui les font et enrichissent ceux qui les ont guidées.

En matière d'énergie, la politique de l'autruche
consiste à fuir les responsabilités
en se mettant la tête dans le sable,
avec l'espoir d'y trouver du pétrole.

Quand on voit la complexité
des circonvolutions cérébrales,
on prend conscience
de ce miracle qu'est une idée simple.

Être consensuel, c'est accepter
que les autres
partagent votre point de vue.

Aussi révolutionnaire que l'on soit,
on est toujours le bourgeois de quelqu'un.

La surmédiatisation du malheur nous ferait presque oublier qu'il y a des gens heureux.

Avec un peu d'entraînement, on peut,
dans un contexte tragique,
faire passer une totale indifférence
pour une parfaite maîtrise de soi.

Celui qui ne vit que de dessous-de-table
doit savoir ramper,
surtout si c'est une table basse.

Quand on ne promet rien,
on a beaucoup de mal à décevoir.

Si la vie donnait à chacun
tout ce qu'il croit mériter,
le niveau de vie moyen serait bien supérieur.

Il y a des craintifs qui souhaiteraient que l'avenir
soit remis à une date ultérieure.

Celui qui ne sait rien doit agir en conséquence.

Il y a des révoltés qui rêvent d'un ailleurs
qui ne serait quand même pas trop loin.

Il y a des questions inutiles, mais
qui font admirer celui qui les a posées.

Quand, volontairement ou non,
la vérité fait tomber des masques,
on lui demande toujours de s'excuser.

Beaucoup d'agressifs ne pensent qu'à attaquer
parce qu'ils n'ont pas trouvé
de causes à défendre.

La pensée unique, ce n'est pas trop grave
tant qu'il y en a une par personne.

En politique comme en amour,
il est inutile d'avoir raison,
il suffit d'être convaincant.

Médiatiquement parlant,
l'odeur de sainteté
n'aura jamais le même succès
que le parfum du scandale.

Pour neutraliser le lobby viticole,
il faut avoir fait science pots-de-vin.

La fête du Travail
devrait avoir lieu le jour de la Saint-Urbain.

L'autocritique est une vue de l'esprit.
On n'a jamais vu un parmesan
se râper lui-même.

Ne désespérons pas,
les peuples du monde entier
ont quand même un point commun :
ils sont tous au sud du pôle Nord.

D'après Vigipirate, toute bombe
placée dans une poubelle ne risque pas d'exploser
si le sac plastique est transparent.

Stupide l'obsession de la transparence :
si tout était vraiment transparent,
on ne verrait rien.

On est moralement plus serein
quand la main droite ignore
que la gauche existe.

Vu sous l'angle des économies d'énergie,
ne rien faire c'est déjà une contribution.

Un jour viendra où l'on imposera
le bénéfice du doute.

Méfions-nous de la notoriété.
Quand on est trop visible, on devient très visable.

Nous vivons dans un monde de bruts.
Même le produit intérieur est brut.

Certains rêvent d'une société idéale
où la tolérance serait obligatoire, sous peine
de sanctions sévères et immédiates.

Affirmer sans preuve
est presque aussi jubilatoire
qu'être de mauvaise foi.

Il semble urgent de privatiser
l'opinion publique.

Ne rions pas des marionnettes,
elles ont des relations haut placées.

Ceux qui attendent le silence
pour se faire entendre
doivent s'armer d'une longue patience.

Lorsqu'il y a un équilibre dans le trop,
l'excès devient supportable.

On arrive souvent à se mettre d'accord
sur l'urgence de s'inquiéter,
mais très rarement
sur les motifs de cette inquiétude.

Pour survivre dans le monde que nous vivons,
une absence totale de rigueur s'impose.

Moins il y en a, mieux ça marche.
C'est le principe de l'homéopathie
couramment appliqué
en affaires à propos de l'honnêteté,
et en politique à propos de la loyauté.

Au cours de mon existence,
j'ai pu sortir indemne
de nombreux affrontements violents
grâce à ma maîtrise opportune
du silence réprobateur.

Comment savoir si un compromis
est une demi-victoire
ou une demi-défaite ?

Parfois, on appelle imprévu un événement
dont on connaissait les causes sans imaginer
qu'elles pouvaient avoir de telles conséquences.

Il y a des pays où le sens de l'humour
est un sens interdit.

On est heureux quand
on peut se dire tout naturellement :
« La vie c'était quand même mieux maintenant. »

On pourrait imaginer une assurance
pour ceux qui perdent régulièrement
une bonne occasion de se taire.

Tout va mal certes, mais si tout allait bien,
est-ce que ça irait vraiment mieux ?

Tout pouvoir
qui n'est pas personnel
n'existe pas.

Dans ce monde de fausses certitudes,
le doute est une friandise
dont on aurait tort de se priver.

Il y a des allumés qui n'hésiteraient pas
à recourir au nucléaire
pour défendre les nagasakis sociaux !

Évitons de confondre thèses opposées
et erreurs symétriques.

Il est scandaleux que certains
fassent leur beurre en vendant des produits
à 0 % de matières grasses.

C'est statistiquement prouvé :
3 Français sur 4 ignorent
qu'il y en a probablement un cinquième.

Les déclencheurs de faux problèmes
sont toujours les premiers à s'indigner
que l'entourage mette tant de temps
à trouver de vraies solutions.

La majorité des Français pensent
que toutes les allocutions qui commencent par
« La majorité des Français pensent que »
expriment en fait le point de vue d'une minorité.

On a le droit de tout dire,
mais on n'est pas obligé de tout écouter.

Les idéologies sont la plupart du temps
des idéologies utopiques qui supposent
une illusoire perfection humaine.

Le capitalisme est créateur de richesses,
le socialisme est créateur de dépenses.
Il y a donc là
une complémentarité encourageante.

Parfois, ce ne sont pas les journalistes
qui ont tort, mais les événements.

Une sincérité bien imitée dispense
du recours à la mauvaise foi.

Afficher du mépris pour l'adversaire
que l'on vient de battre dévalorise
à la fois le vainqueur et la victoire

Les plus déplorables défenseurs
de la cause féminine
sont les féministes.

Maudire la société de consommation
est un caprice d'enfant gâté.

Ouvrir un parasol
n'est pas une insulte au soleil.

Quand on sait
qu'il suffit d'un seul frelon
pour créer la panique,
on se pose des questions
sur l'utilité de l'essaim.

Certains préfèrent
être debout en première classe
qu'assis en seconde.

À celui qui flatte,
on ne demande jamais de se justifier.

Si tous ceux qui n'ont rien à dire se taisaient,
on serait surpris de la qualité du silence…

Ils se disent avides de changement,
mais mettez le dimanche
au milieu de la semaine
et vous verrez leur tête !...

Paradoxe animal :
Quand on hurle avec les loups,
on ressemble étrangement
à un mouton de Panurge.

Méfions-nous de ceux qui croient
que la liberté c'est n'importe quoi,
n'importe où et n'importe quand.

Un écolo de gauche refusera toujours
de découper un requin marteau
avec une faucille…

Tant qu'on n'a rien décidé,
toutes les options sont possibles.
L'indécision est donc un grand espace de liberté.

Un bon stratège, c'est quelqu'un
qui sait clairement expliquer aux autres
ce qu'ils doivent faire,
mais sans dire comment.

Il ne faut pas poser de questions
dont on craint la réponse.

Les révolutions appauvrissent ceux qui les font
et enrichissent ceux qui les ont guidées.

En politique,
mieux vaut passer pour un faux cul
que pour un vrai con.

On n'avance pas beaucoup quand on prend
ses résolutions pour des aboutissements
et ses convictions pour des preuves

Quand on ne sait pas nager,
on se fout de savoir
si l'eau est bonne.

L'amour rend aveugle,
la haine rend cruel
et l'orgueil rend con.

La transparence, comme l'objectivité,
est une utopie de journaliste

Quand on a perdu
l'habitude d'être sincère,
ce qu'on pense vraiment peut devenir
gênant dans la discussion.

Le post-moderne
est au rétro-conceptuel
ce que le néo-ringard
est au vintage contemporain.

Les religions
sont des tentatives maladroites
pour rapporter à l'échelle humaine
un immense et définitif
point d'interrogation.

Le chemin doit paraître long
à ceux qui ne savent pas
pourquoi ils sont partis…

Quand ce que je dis
est différent de ce que je pense,
il ne s'agit pas d'un mensonge.
C'est juste un décalage
dans la formulation.

On est tellement saturés
d'opinions contradictoires
que je n'ose plus exprimer mes idées…
J'ai peur qu'elles ne soient pas de moi…

Ils se disent courageux
alors qu'ils ont juste
sous-estimé le danger.

Individuellement,
Il est difficile d'être nombreux,
mais si on se met beaucoup à être plusieurs,
il n'est pas rare que ça fasse trop.

Il y a des guerres de religion
où l'on ne s'étonne même pas de réciter
le même chapelet que ses ennemis.

Quand la vérité rattrape le mensonge,
elle a toujours du mal à le dépasser.

Le monde vivant est un ensemble
de tubes digestifs qui se reproduisent
ou se détruisent entre eux.

Les donneurs de leçons
ne sont pris au sérieux
que s'ils les font payer.

Il faut se méfier des évidences,
qui sont souvent le fruit
d'une grande paresse mentale.

Ce monde où ceux qui n'ont rien
risquent quand même
de tout perdre...

Il y a des périodes
où le fait qu'il ne se passe rien
est déjà un événement.

Se féliciter d'avoir raté une cible de très près
est aussi stupide que se vanter
d'être le sosie de quelqu'un
que personne ne connaît.

Les bonnes surprises, ça arrive
à un moment ou à un autre,
mais, en général,
c'est surtout à un autre.

La pâte à papier
est un produit d'origine forestière :
regarder la télé au lieu de lire,
c'est donc sauver un arbre…

Le coup de pied au cul est à l'éducation
ce que la tong est à la chaussure :
une fonction ramenée
à son essentiel.

Parfois, on est fier
d'avoir pris une décision,
mais paniqué
à l'idée qu'elle ne soit pas bonne.

Le fait que vous ne soyez pas de mon avis
ne prouve pas que vous ayez raison !

Il ne suffit pas de se mettre
sur la pointe des pieds
pour être à la hauteur des circonstances.

Quand je constate
que je suis d'accord avec moi-même,
je ne vois pas pourquoi
je devrais changer d'avis.

Il paraît que la parole
ne peut exprimer que 10 % du ressenti.
Donc quand on se tait,
on ne perd pas grand-chose…

La flatterie est le couteau idéal
pour percer la baudruche
des gens imbus d'eux-mêmes.

Se croire fort
parce qu'on ne s'est jamais excusé
est aussi stupide que crier « Victoire ! »
quand on est premier
sur une liste d'attente.

Quel défi ! Ne pas croire au bonheur
et être heureux quand même…

Quand on la libère,
l'eau ne peut s'empêcher de couler.
C'est, hélas, pareil pour la parole.

On sait que la nature est juste
quand on voit que
les oiseaux, dans l'air,
sont heureux
comme des poissons dans l'eau.

La laïcité aura vraiment triomphé
quand on mettra les fèves dans les pizzas.

La liberté, ce n'est pas
l'autorisation de ne rien respecter.

On a remplacé les analphabètes
par des incultes, mais il semble
que l'on puisse aller beaucoup plus loin…

Les jeunes se croient créateurs de l'avenir
qui n'est qu'une répétition reliftée du passé…

Des idées tellement arrêtées
qu'elles n'ont jamais pu repartir.

Il ne faut pas compter sur
la goutte qui fait déborder le vase
pour éteindre la mèche
qui met le feu aux poudres.

Difficile de prendre les choses de haut
quand on est au bas de l'échelle.

Nous ne sommes pas d'accord,
mais peut-être avons-nous tort
tous les deux !

J'ai arrêté d'être convaincant
quand j'ai constaté que ceux qui,
enfin, adoptaient mon point de vue
ne savaient pas quoi en faire.

Ne rêvons pas :
deux demi-mesures
ne suffiront jamais
à faire le plein…

Se priver de plaisirs
dans l'espoir de gagner le paradis
est aussi stupide que
vendre ses meubles
pour payer le déménagement.

Ce qui serait bien,
si ceux qui n'ont rien à dire se taisaient,
c'est qu'on pourrait enfin s'entendre…

En matière de fiabilité,
l'opinion des réseaux sociaux
vaut ce que valent les micros-trottoirs
par rapport aux instituts de sondage.

L'habit ne fait pas le moine,
mais mettez des gants de boxe
au plus pacifique des hommes
et il cherchera immédiatement
quelqu'un à frapper.

Il y a, en politique,
des petites chapelles qui se prennent
volontiers pour des cathédrales

J'ai fait des progrès.
Je ne suis plus du genre
à m'excuser de ne pas être d'accord.

Il y a des moments
où je suis tellement sûr
de détenir la vérité
que je voudrais la clamer au monde entier.
Malheureusement,
je crois qu'il s'en fout…

À ceux qui gueulent dans tous les coins,
à ceux qui savent mieux que tout le monde,
à ceux qui ont peur du silence,

à ceux qui parlent en attendant
de trouver quelque chose à dire,
cachant sous du vocabulaire
une tragique absence d'idées,

aux hypocritement corrects,
aux mégalos, aux bigots, aux fayots,
à ceux qui posent des questions
et se foutent de la réponse,

à tous ceux-là qui font du bruit
pour avoir l'illusion de vivre,
je dis très calmement,
mais je le dis très fort :
taisez-vous tous… J'ai rien à dire !

Mais je suis fier de ce silence,
car ce bras là qui vous défie,
vous avez raison de le craindre,
car il est comme la Légion
Regardez bien, il est d'honneur !!!

Achevé d'imprimer en octobre 2025
par la Société SEVEN - 91942 COURTABŒUF

Dépôt légal à parution
Imprimé en France